ATTENTION !

Afin de respecter l'œuvre, ce volume est présenté dans son sens de lecture original. Vous êtes ici à la fin du volume. Commencez par la dernière page et lisez les bulles de droite à gauche.

SCÉNARIO ET DESSIN
KAZUNARI KAKEI

TRADUCTION
VINCENT ZOUZOULKOVSKY

ADAPTATION GRAPHIQUE
FRANCESCO BARBIERI

LETTRAGE
MONICA ROSSI

Directeur de l'édition française
ALAIN GUERRINI
Comité de direction
A. GUERRINI
A. DENECHERE
S. DALLAIN
Directeur délégué
SÉBASTIEN DALLAIN
Directeur éditorial européen
MARCO M. LUPOI
Rédacteur en chef
WALTER DE MARCHI
Responsable marketing opérationnel
MARJORIE TODRANI
Chef des ventes publishing
BENOÎT FRAPPAT
Coordinatrice commerciale
LYDIE PHAM
Coordinateurs éditoriaux
MATTEO LOSSO
ANNA RODELLA
Supervision
LAURENT FRÉMONT
Rédacteur
MATTHIAS DAGORNE
Directeur artistique
MARIO CORTICELLI
Conceptrice graphique et maquettiste
SABRINA PIU
Responsable production
ALESSANDRO NALLI
Avec la collaboration de
JOSÉPHINE BAGLIO
SOPHIE CONY
ASTRID LEONTI
MPG
LAETITIA SAMMARTINO
et de toute l'équipe de Panini France.

NORA 6
ISBN : 978-2-84538-996-5

Un ouvrage PANINI MANGA / PANINI FRANCE S.A.

Commercialisation et relations média :
PANINI FRANCE S.A.
Z.I. SECTEUR D - B.P. 62
06702 SAINT-LAURENT-DU-VAR CEDEX
www.paninicomics.fr
presse-bd@panini.fr
Tél. 04 92 12 57 57
Fax 04 92 12 57 58

Dépôt légal : mai 2007. PANINI MANGA est une marque déposée par PANINI FRANCE S.A.
Impression : Aubin Imprimeur, chemin des deux croix, Ligugé. Imprimé en France / Printed in France.

NORA

THE LAST CHRONICLE OF THE DEVILDOM

KAZUNARI KAKEI

6

PRÉSENTATION DES PERSONNAGES

NORA

Capricieux et impulsif, c'est le démon le plus problématique des Enfers, mais en réalité il s'agit du redoutable Cerbère, le Destructeur. Même le Seigneur des Enfers reconnaît que son pouvoir est redoutable.

KAZUMA

Président de l'association des élèves, il est brillant et très doué en sport. D'un sang-froid à toute épreuve, ses colères sont toutefois redoutables et les élèves le craignent aussi pour ça. Adepte de l'individualisme, il est plus démoniaque qu'un démon.

Les membres de l'association des élèves du collège Tenryô

FUJIMOTO & YANO

KOYUKI HIRASAKA

L'ARMÉE INFERNALE

CAÏN

C'est le bras droit de Satan qui a une confiance absolue en lui. En réalité, il vise le poste de commandant en chef.

BALIK COMMANDANT EN SECOND DE L'ARMÉE INFERNALE DES EAUX

Il est un peu borné. Lui et Nora s'entendent comme chien et chat. Il semblerait qu'il n'ait pas beaucoup de chance dans la vie.

SATAN LE SEIGNEUR DES ENFERS

Commandant en chef de l'armée infernale. C'est lui qui a envoyé Nora sur Terre. Soucieux de son apparence, sa forme humaine est une superbe jeune femme.

LEVIATH GÉNÉRAL DE L'ARMÉE INFERNALE DE L'EAU

Il passe son temps à dire qu'il en a marre mais quand il se met en colère, rien ne l'arrête. Il adore pêcher.

LA RÉSISTANCE

NELL

Démon de haut niveau, ses caprices camouflent ses intentions véritables. Ce dragueur invétéré vise aussi bien les jeunes que les plus âgées.

LE DIRIGEANT MASQUÉ

C'est le chef de la résistance. Il est très mystérieux et semble connaître le passé et les secrets des Enfers. On ignore pourquoi il s'oppose à l'armée infernale.

TYRON

Il est capable de créer de redoutables tremblements de terre et peut contrer les attaques de ses adversaires d'un simple coup de sabre.

L'INFORMATEUR

Il connaît toutes sortes d'informations sur les Enfers. Il travaille aussi bien pour l'armée infernale que pour la résistance. Comme couverture, il est patron d'un bar.

DAHLIA

Tout comme Nora, elle a été élevée par l'armée infernale dans la zone spéciale. La résistance se sert d'elle pour distinguer les fragments de l'âme de Satan.

SOMMAIRE

INTRODUCTION

Bonjour, c'est moi, le Seigneur des Enfers !
À cause du sale caractère de Nora, il n'y a pas moyen d'être au calme en Enfer ! Je suis déjà bien trop occupé avec la résistance et les contre-venants pour m'occuper de lui en plus du reste ! C'est pour ça que j'ai décidé de l'envoyer faire son éducation dans le monde des hommes. Comme ça, il peut aussi m'aider à lutter contre les démons qui s'y infiltrent en cachette. J'ai choisi Kazuma Magari pour être son professeur. Nora et Kazuma sont liés par un contrat d'ange démoniaque, comme ça, Nora ne peut pas utiliser sa magie sans l'autorisation de Kazuma.
Ce dernier ne peut pas utiliser la magie infernale, mais on dirait bien qu'il a donné 5 ans de sa vie à un certain informateur en échange de ce pouvoir. Pourtant, normalement, aucun humain ne peut supporter la puissance de la magie infernale, c'est bizarre, tout ça !
Nora et Kazuma ont rencontré le chef de la résistance qui leur dit que le destin du Cerbère est de mourir quand il sera suffisamment mûr, et que ce sera comme si je l'avais tué moi-même. C'est mal poli de dire du mal des gens quand ils ne sont pas là !

CHAPITRE 21 :
VÉRITÉ - CERBERUS AND SATAN

HÉ...
T'ES VIVANTE ? HÉ !
MMH...
AH... JE...
TSAP
SI TU POUVAIS BOUGER DOUCEMENT, ÇA M'ARRANGERAIT.
KOF
J'AI PAS PU ÉVITER TOUS SES COUPS...
ON L'AURA PAS FACILEMENT, LE GUIGNOL MASQUÉ.
KOF
VOUS M'AVEZ SAUVÉ LA VIE ?
J'AI PERDU MÉDOR DE VUE...
... MAIS J'AI ENTENDU SA VOIX PLUS BAS... JE CROIS QU'IL A RIEN...

POURQUOI M'AVEZ-VOUS SAUVÉE ?
J'AVAIS POURTANT PRÉVU DE VOUS TUER...
SI VOUS MOURIEZ, LE DESTIN DE L'ENFER POURRAIT EN ÊTRE CHANGÉ...
C'EST QUOI LE DESTIN DE L'ENFER ?
QU'EST-CE QUE J'AI À VOIR LÀ-DEDANS ?
SI VOUS LE SAVIEZ, CELA NE VOUS APPORTERAIT QUE DES REMORDS...
NOUS AUTRES, LES DÉMONS, N'AVONS ENCORE JAMAIS RÉUSSI À LE MODIFIER.
VOUS, UN HUMAIN, NE POURRIEZ ABSOLUMENT RIEN FAIRE.

NE VA SURTOUT PAS MÉPRISER LES HUMAINS !
...!!
J'AI HORREUR DE ME DIRE QUE JE PEUX PAS FAIRE UN TRUC.
MÊME SI LE DESTIN EN A DÉCIDÉ AINSI, ON DOIT POUVOIR L'ÉVITER.

VOUS ÊTES... SANS LE MOINDRE DOUTE...L'ÉLU... VOUS ÊTES LIÉ PAR UNE PUISSANTE VOLONTÉ AU PLUS FORT D'ENTRE NOUS...
C'EST POUR ÇA QUE VOUS POUVEZ INVOQUER LES PLUS GRANDS POUVOIRS DE CERBÈRE.
PRENEZ CELA.
C'EST LE FRAGMENT D'ÂME DE L'ÉTHER.
C'EST À VOUS DE L'AVOIR..
ON NE M'A PAS FORCÉE À REPÉRER LES FRAG-MENTS DE L'ÂME DE SATAN.
J'AI REJOINT LA RÉSISTANCE DE MON PROPRE CHEF...
... PARCE QUE JE CONNAIS...
... LA VÉRITÉ ET L'AVENIR DE L'ENFER.

HÉ ! TU M'ENTENDS ?!
HÉ ! LE BARGE AVEC SON MASQUE !
'TAIN... SALETÉ...
S'IL S'EN EST PRIS À DAHLIA, IL VA AVOIR AFFAIRE À MOI...
AU FAIT, QU'EST-CE QU'ELLE FOUTAIT AVEC LA RÉSISTANCE ?
JE COMPRENDS VRAIMENT PAS...
CE JOUR LÀ, CERBÈRE MOURRA...
...
JE SUIS CREVÉ...
J'AI MAL PARTOUT...
ÇA ME GONFLE DE RÉFLÉCHIR.

ET VOICI DAGON, LE DÉFENSEUR DE LA JUSTICE ! ☆
FSAP
AAAAH !
ÇA FAIT UN BAIL, GAMIN !!
TU VAS BIEN ?
J'AI LA PÊCHE, MOI...
PLAF
T'ES LE LARBIN DE L'INFORMATEUR !
QU'EST-CE QUE TU FOUS LÀ ?
AH!
SI T'ES LÀ, ÇA VEUT DIRE...
BONJOUR !
TSAP

TSAP
JE T'AI CHERCHÉ PARTOUT, CERBÈRE !
L'INFORMATEUR...
QUEL MARCHÉ TU VEUX ME PROPOSER POUR VENIR ICI ?
C'EST PAS POUR ÇA QUE JE SUIS LÀ.
IL Y A QUELQUE CHOSE QUE JE VOULAIS TE MONTRER GRATUITEMENT.
GRATUITEMENT ? BARATINEUR !
T'AS DES INFOS QUI VALENT RIEN ?
C'EST REGRETTABLE MAIS...
... BON, ALLONS-Y ...

JE SUIS UN DÉMON CAPABLE DE MANIPULER LA MAGIE DU TEMPS.
WOOOOOM
JE VAIS TE MONTRER LE PASSÉ.
LE PASSÉ ?
AAAH !
RÉPONDS-MOI !
SI TU ES LE PLUS FORT, J'AURAI CE QUE JE VEUX...
...!!
GLOUPS
QUE PENSERAS-TU QUAND TU SAURAS LA VÉRITÉ.

JE PENSE QUE VOUS TROUVEREZ DES RÉPONSES INTÉRESSANTES.
PLATCH
POUAH !
!!!
GLOUP

KOF ! KOF !
QU'EST-CE QUE ÇA VEUT DIRE ? À QUOI TU JOUES ?!
C'EST À MOI DE TE POSER DES QUESTIONS !
J'ÉTAIS EN TRAIN DE PARLER AVEC DAHLIA !
BROUUUUU
L'INFORMATEUR M'A DIT QU'IL VOULAIT ME MONTRER LE PASSÉ…
QUOI ?
LE PASSÉ… C'EST LÀ QU'ON EST ?
MA BLESSURE AU VENTRE EST GUÉRIE…
TIENS, MOI AUSSI…
ZAMM

OUTCH...
C'EST UN MÔME...
HÉ, SALETÉ...
HÉ !
TSAP
TU M'ÉCOUTES ?!
HÉ !
...!
JE CROIS QU'IL NOUS VOIT PAS.
QUOI ?
TSIP
CAÏN ?! ÇA VA ?
QUOI ?!

TSAP
CA...
CAÏN ?
C'EST CAÏN ?!
CAÏN ...
LE TYPE QUI EST TOUJOURS DERRIÈRE L'ESPÈCE DE SEIGNEUR DES EN-FERS ?
JE L'AI JAMAIS VU QUE SUR LE PORTA-BLE.
SATAN PHONE
T'AS RÉUSSI À ME BATTRE AVEC LA MAGIE DU FEU.
T'ES VRAIMENT TRÈS FORT, DIGLY.
ÉVIDEM-MENT !
!!

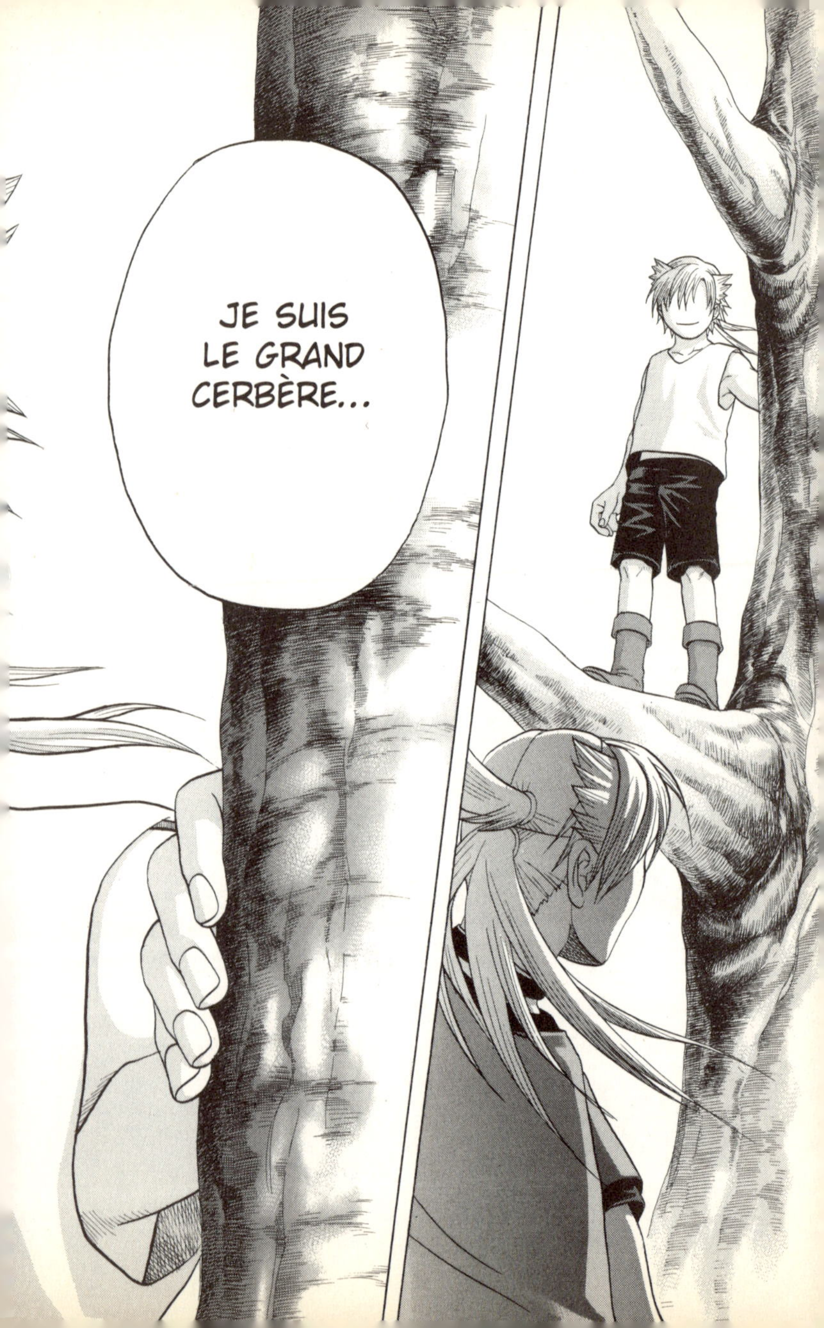
JE SUIS LE GRAND CERBÈRE...

... JE SUIS LE PLUS PUIS-SANT DES DÉMONS !

CERBÈRE ?
ALORS, DIGLY...
... C'EST CERBÈRE DANS LE PASSÉ ?
C'EST VRAIMENT FLIPPANT...
IL TE RESSEMBLE MAIS IL A L'AIR INTELLIGENT, LUI.
FERME-LA !
IL A JUSTE L'AIR...
MAIS ON EST TOUS DEVENUS SUPER FORTS !
ASUTO PEUT UTILISER DES SORTS D'ENFERMEMENT SUPER COMPLIQUÉS MAINTENANT.
ASUTO ?
HEIN ?
TSAP

DANS SES ENCEINTES, ON PEUT PAS SE BATTRE, EN PLUS !
TSAP
...
HÉ ! CE MEC, C'EST...
C'EST LE GÉANT QUI SERT D'ANGE DÉMO-NIAQUE À NELL !
ASUTO N'A JAMAIS AIMÉ SE BATTRE.
TOI NON PLUS, TU TE BATS JAMAIS, SARUO !
C'EST NORMAL !
FAUDRA ATTENDRE LONGTEMPS AVANT QUE JE ME BATTE CONTRE UN CERBÈRE !
LUI, IL A TOUT L'AIR D'ÊTRE L'INFORMA-TEUR...
IL S'APPELLE DONC SARUO...

ILS ONT TOUS UN ŒIL ARGENTÉ.
C'EST TOUS DES DÉMONS D'UNE VIEILLE FAMILLE !
FSHOU
VOUS AVEZ BIEN GRANDI.
SEI-GNEUR SATAN ?!
?!
TOI, CERBÈRE, ET VOUS, LES ANCIENS...

C'EST SATAN, CE VIEUX MACHIN ?!
À L'ÉPOQUE, C'ÉTAIT PAS ENCORE L'ESPÈCE DE THON QU'ON CONNAÎT ?
VOS POUVOIRS PEUVENT DIRIGER L'ENFER ET LE MONDE DES HOMMES...
... C'EST POUR ÇA QUE VOUS ÊTES NÉS.
FSHA
LE TEMPS DU CHANGEMENT EST PROCHE.
CONTINUEZ À VOUS ENTRAÎNER.
IL RACONTE TOUJOURS DES TRUCS INCOMPRÉHENSIBLES, LE VIEUX.
JE ME SENS REDEVABLE PARCE QU'IL A RECUEILLI LES ORPHELINS QUE NOUS SOMMES...
... MAIS JE NE VOIS PAS OÙ IL VEUT EN VENIR.

EN ATTENDANT, IL A DIT QU'ON RÉGNERAIT SUR DEUX MONDES !
VOUS TROUVEZ PAS ÇA GÉNIAL ?!
DÉCIDÉMENT, TU NE T'EN FAIS JAMAIS POUR RIEN, TOI.
TIENS ?
OÙ EST FÔL ?
OÙ IL EST PASSÉ, ENCORE ?
!!
FÔL ? IL Y EN A ENCORE UN AUTRE ?
C'EST LE QUATRIÈME ANCIEN ?
COMME D'HABITUDE, ON A BEAU L'APPELER, IL NE VIENT PAS.
IL EST DU GENRE TACITURNE...

FOUTEZ-LUI LA PAIX.
IL SAIT BIEN QU'IL EST LE PLUS FAIBLE D'ENTRE NOUS. IL JALOUSE LA PUISSANCE DE DIGLY.
CE N'EST PAS BON DE TROP PARLER, SARUO.
...
FSHOU
FSHOU FSHOU
!!
FSHOU
QU'EST-CE QUI SE PASSE ?
TJAM
QUOI, ENCORE ?
ON A CHANGÉ DE COIN ?
ON VOLE !
REGARDE !

Y A QUELQU'UN LÀ-BAS…
TE VOILÀ, FÔL !
JE T'AI TROUVÉ !
FSHOUU
!!
TSAP
AH !

DÉGAGE, CERBÈRE.
NE M'APPROCHE PAS.
REGAR-DE…
SON ÉPÉE…

C'EST LE CHEF DE LA RÉSISTANCE...
C'EST LUI, LE QUATRIÈME REPRÉSENTANT DES ANCIENS CLANS ?!
POURQUOI TU VIENS PAS T'ENTRAÎNER AVEC NOUS ?
JOUEZ À CACHE-CACHE SI ÇA VOUS AMUSE...
... MAIS SANS MOI !
FAUT QUE TU TE BATTES POUR ÊTRE PLUS FORT !
M'APPROCHE PAS !
...
ATTENDS ! TU VAS ENCORE T'ENFUIR ?
ÇA TE FAIT RIEN DE TE FAIRE BATTRE PAR TOUT LE MONDE ?
ÇA NE ME DIT RIEN DE COMPTER QUE SUR LA FORCE !

TCH
!!
ANG
...
TU TE TROMPES, FÔL...
TU FAIS QUE T'ENFUIR..
COM-MENT ?
QU'EST-CE QUE TU EN SAIS ?
J'AI TOUT COM-PRIS !
TU REFUSES DE RECON-NAÎTRE TA FAIBLESSE !
QU'EST-CE QUE ...?

M
TE FOUS PAS DE MOI, ABRUTI !

BONG
QUOI ?
BROOOOO

C'ÉTAIT QUOI, ÇA ?
ÇA A MÊME COUPÉ MON FLUX MAGIQUE...
...
SI J'AVAIS PAS RE-CULÉ, JE M'EN SERAIS PRIS PLEIN LA TÊTE...
TU VEUX DIRE QUE TU N'AS PAS EU DE MAL À L'ÉVITER ?
ARRÊTE DE TE MOQUER DE MOI !
GÉNIAL !
!!
POUF
C'ÉTAIT GÉNIAL, FÔL !
C'EST BIEN CE QUE JE PENSAIS !
QUAND TU TE DONNES À FOND, T'ES SUPER FORT !
SI JE M'ENTRAÎNE AVEC TOI, JE POURRAI DEVENIR ENCORE PLUS FORT !
CE SERAIT BÉNÉFIQUE POUR NOUS DEUX !

...
IMBÉCILE...
FSHOUFSHOU
!
TSHAM
ON A ENCORE CHANGÉ DE COIN !
!
C'EST EUX, LÀ...
C'EST ENCORE UN DE SES CAPRICES...
... ET SATAN NOUS ORDONNE D'ALLER DANS LE MONDE DES HOMMES ?
OUAIS ...

IL VEUT QU'ON DEVIENNE L'ANGE DÉMONIAQUE D'UN HUMAIN ET QU'ON RÉCOLTE LES FRAGMENTS DE SON ÂME.
ÇA DEVRAIT ME FAIRE UN BON ENTRAÎNEMENT...
!!
DE QUOI ?
C'EST DIFFICILE À CROIRE...
J'AI PLUS CONFIANCE EN MOI QUE DANS LE FLUX DE LA MAGIE...
MOI, J'AIME PAS ME BATTRE.
MOI, JE PRÉFÈRE LA PAIX ET LE COMMANDEMENT.

VOUS VOULEZ PAS LE FAIRE ?
FÔL A FAIT DE SÉRIEUX PROGRÈS ...
OUAIS ...
DEPUIS QUE TU T'ES OBSTINÉ À L'AFFRONTER...
... IL A VACHEMENT CHANGÉ...
TCHAC
MAINTENANT, ON N'EST PAS SÛRS DE POUVOIR LE BATTRE...

AH...
IL AURAIT PU VENIR DIRE AU REVOIR, AU MOINS !
HÉ ! FÔL !
JE SERAI ENCORE PLUS FORT EN REVENANT !
ON POURRA SE REFAIRE UN PETIT COMBAT !
!!
ON VERRA BIEN...
POUF
... QUI SERA LE PLUS FORT.

TU N'ES QU'UN LÂCHE QUI FUIT POUR ÉVITER DE M'AFFRONTER.
NOUS RÉGLERONS ÇA À TON RETOUR !
JE TE JURE...
... QUE NOUS LE FERONS !
FSHOUUUU
...
AH ! ENCORE ?
TSAM
ON EST OÙ, CE COUP-LÀ ?

ILS PRÉPARENT QUELQUE CHOSE !
IL Y A CERBÈRE, LES REPRÉSENTANTS DES QUATRE VIEILLES FAMILLES ET SATAN...
C'EST LES FRAGMENTS DE L'ÂME DE SATAN, LES TRUCS QUI FLOTTENT DEVANT EUX ?
HEIN ?
C'EST QUI DEVANT SATAN ?
CHAQUE REPRÉSENTANT D'UNE VIEILLE FAMILLE A UN FRAGMENT DE MON ÂME. L'HEURE DU CHANGEMENT EST ARRIVÉE.
LE CERBÈRE EST PRÊT. TOUS LES ÉLÉMENTS NÉCESSAIRES SONT RASSEMBLÉS.

À PRÉSENT, NOUS ALLONS UTILISER NOS POUVOIRS...
... POUR TRANSFÉRER LA MAGIE DE CERBÈRE DANS L'ÉLU.
HEIN ?
ET TOI, L'ÉLU...
... TOI QUI AS ÉTÉ CHOISI PARMI LES MORTELS...

... TU DEVIENDRAS LE NOUVEAU SEIGNEUR DES ENFERS.

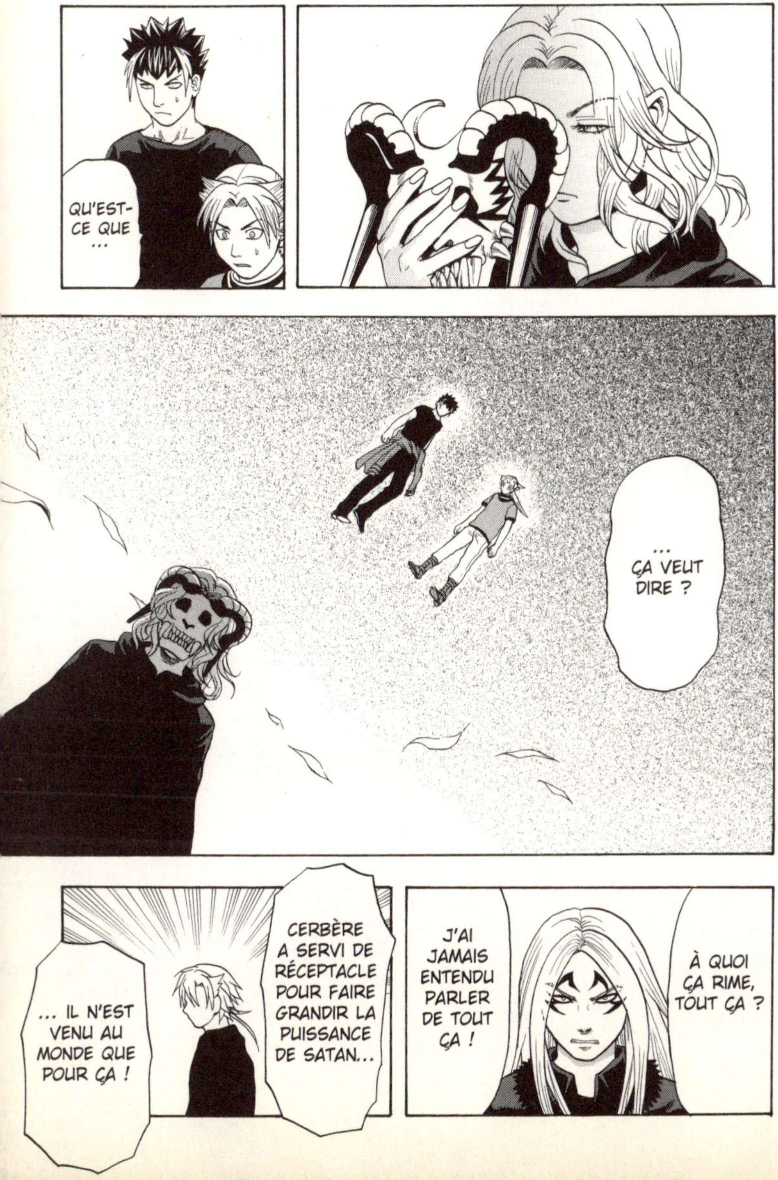
QU'EST-CE QUE ...
... ÇA VEUT DIRE ?
À QUOI ÇA RIME, TOUT ÇA ?
J'AI JAMAIS ENTENDU PARLER DE TOUT ÇA !
CERBÈRE A SERVI DE RÉCEPTACLE POUR FAIRE GRANDIR LA PUISSANCE DE SATAN...
... IL N'EST VENU AU MONDE QUE POUR ÇA !

QUAND IL N'A PLUS D'UTILITÉ, IL MEURT.
ET NOUS, LES REPRÉ-SENTANTS DES VIEILLES FAMILLES, ON EST LÀ QUE POUR VOUS AIDER, C'EST ÇA ?

LE CERBÈRE EST UN RÉCIPIENT POUR LA MAGIE ?
UN HUMAIN LA REÇOIT POUR DEVENIR LE NOUVEAU SATAN...
L'ÉLU EST L'HUMAIN CHOISI DANS CE BUT...
C'EST POUR ÇA QUE LA MAGIE PEUT PASSER EN MOI ET QUE JE PEUX CONTRÔLER SON FLUX...

J'AI ÉTÉ CHOISI...
... POUR DEVENIR LE PROCHAIN SATAN...

DANS LE TEMPS, J'ÉTAIS HUMAIN, MOI AUSSI...
LES GÉNÉRATIONS DE SATAN SE SUCCÈDENT AINSI DEPUIS DES TEMPS IMMÉMORIAUX.
LE POUVOIR DU SEIGNEUR DES ENFERS RÈGNE SUR DEUX MON-DES...
... QUAND IL VA DISPA-RAÎTRE, UN CERBÈRE VIENT AU MONDE...
... POUR DONNER NAISSANCE À UN NOUVEAU SATAN.
SANS CELA, L'ÉQUILIBRE ENTRE LE MONDE DES HOMMES ET LES ENFERS SERAIT BRISÉ ET LES DEUX MONDES DÉTRUITS.
LES CIVILISATIONS DE DEUX MONDES ONT DISPARU DEPUIS LONGTEMPS, IL FAUT RE-VENIR LOIN DANS LE PASSÉ...
TU ME SAOU-LES.
QU'EST-CE QU'ON EN A À FOUTRE ?

JE DEMANDE PAS MIEUX QUE DE VOIR DISPARAÎTRE DES MINA-BLES.
FAUDRAIT ÊTRE DÉBILE POUR RIS-QUER SA VIE POUR EUX !
TSHRAAA
!!
HÉHÉ
CAÏN... ASUTO...
À QUOI VOUS JOUEZ ?
NOUS AVONS EU CONNAIS-SANCE DE CETTE HISTOIRE UN PEU AVANT TOI.
DANS CETTE CÉRÉMONIE, LES REPRÉ-SENTANTS DES VIEILLES FAMILLES NE PERDENT QUE LE POUVOIR DE LEUR ŒIL ARGENTÉ.

SEULS CERBÈRE ET LE SEIGNEUR SATAN PERDRONT LEUR VIE.
NOUS, NOUS NE PERDRONS RIEN D'AUTRE.
ET ALORS ?
POURQUOI TU NE TE REBELLES PAS, CERBÈRE ?
ÇA NE TE FAIT RIEN D'UTILISER AINSI LE POUVOIR QUE TU AS CHÈREMENT GAGNÉ ?
RÉPONDS, DIGLY !
...
J'AI ÉTÉ...
... LE PREMIER À LE SAVOIR.

QUAND NOUS NOUS SOMMES RENCONTRÉS...
... JE LE SAVAIS DÉJÀ.
ALORS ...
PFOU... JE VOIS...
TU VOULAIS QUE TOUT CELA ARRIVE DEPUIS LE DÉBUT ?
TOUS CES COMBATS INUTILES ...
... C'ÉTAIT POUR UTILISER MON POUVOIR POUR CET ENFER DE MES DEUX !
...
EN FAIT, TU TE FOUTAIS DE GAGNER OU DE PERDRE !
FSHAM
TOUT ÇA, C'ÉTAIT DU FLAN !

C'EST BON... JE ME FOUS DE TON DES-TIN...
TU PEUX CREVER SI C'EST CE QUE TU VEUX.
MAIS AVANT ÇA, ICI ET MAIN-TENANT...
... ON VA RÉ-GLER NOS COMPTES !

CHAPITRE 22 : LA DÉCISION - RESOLUTION

CHAPITRE 22 :
LA DÉCISION - RESOLUTION
MAIS AVANT ÇA...
... JE VEUX QU'ON RÈGLE NOS COMPTES ICI ET MAINTENANT !

...
DIGLY...
JE REFUSE...
JE NE VEUX ME BATTRE AVEC PERSONNE.
TES SOUHAITS N'ONT AUCUNE VALEUR..
FSHOU
TU M'AS INITIÉ...

... À LA RECHERCHE DU POUVOIR !
TSHR''''
QUELLE PUIS-SANCE !
AVEC LA FORCE DE SATAN, CERBÈRE EST LE DÉMON LE PLUS PUISSANT.
FSHOOU
SI JE TE BATS, JE PROU-VERAI MA VALEUR...
ALORS, POUR VOIR QUI EST LE PLUS FORT...

BAOM
... JE VAIS TE TUER !
AH !

BA OM
BA OM
!!
BAO
THAM
CALME-TOI, FÔL.
AS-TU CONSCIENCE DE CE QUI SE PASSE ?

L'ÉTHER, L'EAU, LE FEU, LA TERRE ET L'AIR...
... NOUS ALLONS PLACER LA PUISSANCE MALÉFIQUE DES CINQ ÉLÉMENTS DU CERBÈRE DANS LE CORPS DE L'ÉLU.
POUR CE FAIRE, NOUS ALLONS UTILI-SER LES CINQ FRAGMENTS DE L'ÂME DE SATAN.
NOUS ALLONS TRANSFÉRER LA FORCE VITALE DE CERBÈRE DANS LE CORPS DE CELUI QUI SERA SATAN POUR UN TEMPS.
C'EST NOTRE MISSION.
NOTRE MISSION ?
LAISSE-MOI RIRE !
NOTRE MISSION SERAIT DE CONFIER CE POUVOIR...
... À UN HUMAIN POUR QU'IL RÈGNE SUR L'ENFER ? N'IMPORTE QUOI !
TSHR!!!
JE NE SUIS PAS COMME VOUS !

JE N'OBÉIS
À PERSONNE !
RRRR

IL EST DE PLUS EN PLUS...
... PUISSANT !
SI VOUS CROYEZ À CES CONNERIES...
TSHRR

... VOUS POUVEZ TOUS CREVER !
MAGIE DE L'ÉTHER ...

AAAAAAAAHH

BA
OM
AH !
BA
OO
OM
BAOM
MA BARRIÈRE...
AAH !
AAH !
BA
OM
BA
OM
C'EST INCROYABLE...
SON POUVOIR A AUGMENTÉ À CE POINT ?

!
PLAF
FCAP
BAOOOM
AAAH !
PLAM PLAM PLAM PLAM
TU NE RÉSISTES MÊME PAS ?
TU TE FOUS DE MOI, CERBÈRE ?
FSHOUU

TSONG
TU N'ES PAS...
... COMME JE ME L'IMAGI-NAIS.
!!

QUOI ?
DIGLY N'A PAS CESSÉ DE ME PARLER DE VOUS TOUS.
IL M'A DIT QUE VOUS ÉTIEZ TOUS DIFFÉRENTS ET QUE RIEN NE VOUS RELIE...
... MAIS ÉTANT DES REPRÉSEN-TANTS DES ANCIENNES FAMILLES, VOUS ÉTIEZ DES AMIS SÛRS.
IL A DIT AUSSI QUE TU ÉTAIS LE PLUS CAPRICIEUX...
... MAIS QUE TU ÉTAIS TRÈS FORT ET QUE TU ÉTAIS SON AMI ET SON ADVERSAIRE LE PLUS CHER.
TSS ! N'IMPORTE QUOI !
!!
PLAM
JE N'AI AUCUN SENTI-MENT DE FAMILIA-RITÉ AVEC EUX...
JE NE LES AI MÊME JAMAIS CONSIDÉRÉS COMME DES AMIS !
OUTCH !

ÇA DEVRAIT ÊTRE PAREIL POUR TOI, CERBÈRE.
ÊTRE DES COPAINS, FAIRE DES TOURNOIS... TOUT ÇA, C'ÉTAIT DU FLAN !
ÇA SERVAIT QU'À AUGMENTER NOTRE PUISSANCE POUR CETTE CÉRÉMONIE.
AH !
TOUT CE QUE TU NOUS AS RACONTÉ, C'ÉTAIT DU FLAN !
NON...

NON, C'ÉTAIT VRAI.
ÇA M'A VRAIMENT PLU DE ME MESURER À VOUS.
ALORS, POURQUOI TU REFUSES D'EN FINIR ?
...
LE CALME VIENT TOUJOURS APRÈS LA TEMPÊTE...
TU T'ES BIEN FOUTU DE NOUS.
TU N'AS PLUS AUCUNE UTILITÉ...
CRÈVE !
DIGLY !!
RAAH
NON ! ARRÊTE !

KOF !
ARGH ...
TSAP
AH...
TSSSS

ARGH
...

TU COMPTAIS LA SAUVER ?
AH ...
IL FAUT ÊTRE STUPIDE POUR SE JETER SUR UNE ÉPÉE !
C'EST TROP TARD, DOMMAGE. L'ÉLU N'EN A PLUS POUR LONGTEMPS.
LE POUVOIR DOIT REVENIR À CELUI QUI LE MÉRITE.
ON NE PEUT PAS LE DONNER À UN HUMAIN QUI NE VOIT QUE SON PROPRE INTÉRÊT !
TSAP
GNNN
!!
QU'EST-CE QU'IL Y A DE MAL...?

MÊME SI C'EST PAR PUR INTÉRÊT...
... J'AI DÉCIDÉ DE M'OCCUPER DE DEUX MONDES...
QUEL MAL IL Y A À ÇA ?
D'OÙ ELLE TIRE CETTE ÉNERGIE ?
LA MORT ELLE-MÊME NE POURRA TE NUIRE !
MAINTE-NANT !
TSAC
AH !
LE RITUEL ! VITE !

J'EN APPELLE À VOUS AU NOM DE SATAN !
VOUS, LES CINQ FRAGMENTS DE SON ÂME...
... MONTREZ-NOUS LE POUVOIR DU CHANGEMENT !

BOOOM

BAOOOM

NON !
ELLE ABSORBE LE FLUX MAGIQUE...
... QUI PASSE PAR MON BRAS !
JUSTE ...
... À TEMPS...
BRRR
FSHH
BAAM

ET TOI, NOUVEAU SEIGNEUR DES ENFERS...
FSHOU
FSHOU
... JE TE CONFIE...
... LA SUITE...
FSHOUU
UUU

DIGLY...
JE NE VEUX PAS...
... EN FINIR...

J'AURAIS VOULU...
... CONTINUER À VOUS AFFRONTER.

FSHOUUM
PLAF
DI...
DIGLY...
OUTCH...

HA HA HA HA HA HA ! REGARDEZ, BANDE D'IMBÉCILES !
LA CÉRÉMONIE N'EST PAS TERMINÉE !
UNE PARTIE DE LA MAGIE DE CERBÈRE EST PASSÉE EN MOI !
J'AI RÉUSSI À VAINCRE MON DESTIN ET MA MISSION !
AVEC UNE MAGIE INCOMPLÈTE, TU NE POURRAS PAS RÉGNER SUR LE MONDE !
TU VAS CONNAÎTRE LE DÉSESPOIR !
CERBÈRE EST MORT POUR RIEN !
...
EST-CE QUE CELA VAUT D'ÊTRE DÉSESPÉRÉ ?
GNN

EN MÊME TEMPS QUE SA PUISSANCE, J'AI ACCUEILLI L'ÂME DE DIGLY.
C'ÉTAIT UN AMI SANS ÉGAL ET JE TIENDRAI LA PROMESSE QUE JE LUI AI FAITE.
FSHOU
JE ME CHARGERAI DE LA GESTION DES DEUX MONDES.
TU PARLES ENCORE D'AMI...
IL FAUT ÊTRE STUPIDE POUR AVOIR ENCORE CE GENRE DE SENTIMENT AVEC LE POUVOIR QUE TU AS REÇU.
MAIS BON... CERBÈRE M'A PRIVÉ DU FINAL QUE JE VOULAIS... JE VAIS DONC FAIRE AUTREMENT...
JE N'ATTENDRAI QUE LE BON MOMENT ET L'APPARITION D'UN NOUVEAU CERBÈRE.

CE JOUR-LÀ, JE TE TUERAI DE MES PROPRES MAINS...
... EN MÊME TEMPS QUE LE NOUVEAU CERBÈRE, RÉINCARNATION DE DIGLY !
ON VERRA BIEN LEQUEL DES DEUX AMIS REGARDERA L'AUTRE RENDRE SON DERNIER SOUFFLE.
CE SERA UNE SOUFFRANCE PIRE QUE SA PROPRE MORT.
FSHOUUUM
CE SERA MON GRAND FINAL !
...

LE PASSÉ VOUS A PLU ?
FSHOU
!!
EH BIEN ! VOUS ÊTES BIEN PÂLES !
C'EST VRAI QUE POUR VOUS, CE N'EST PAS QUE DU PASSÉ.
NOUS, ON A CHOISI DE SUIVRE NOTRE DESTIN...
... FÔL, LUI, A DÉCIDÉ DE LE COMBATTRE !
酒
ET VOUS, QU'EST-CE QUE VOUS ALLEZ FAIRE ?
...

PLAF
AÏE !
!
!!
POUF
EUH...
POUF
PAF
ÇA FAIT MAL ?
OUAIS !
DONC, C'ÉTAIT PAS UN RÊVE...
J'ÉTAIS BIEN RÉVEILLÉ.

C'EST PAS UNE BLAGUE ? JE VAIS DEVOIR PRENDRE LA PLACE DE SATAN.
JE LE FERAI LE JOUR OÙ J'EN AURAI ENVIE SANS L'AIDE DE PERSONNE.
J'AI SIGNÉ POUR GUIDER CET ABRUTI ET POUR QU'IL DEVIENNE LE PLUS PUIS-SANT DES DÉMONS.
C'EST PAS DU TOUT LA MÊME HISTOIRE.
QUI EST UN ABRUTI ?
C'EST ÉVIDENT QUE JE VAIS DEVENIR LE PLUS PUISSANT DES DÉMONS !
TU CROIS QUE JE VAIS TE FILER MON POUVOIR SANS RIEN DIRE ?
OH... VOUS NE VOULEZ PAS SUIVRE VOTRE DESTIN ?
DANS CE CAS, NOS DEUX MONDES VONT ÊTRE DANS DE SALES DRAPS !
ON S'EN FOUT !
VOUS VOUS EN FOUTEZ ? VRAIMENT ?

TOUS CEUX QUE VOUS CONNAISSEZ, HUMAINS ET DÉMONS, VONT MOURIR.
SANS ENDROIT OÙ ALLER, LA MAGIE DE CERBÈRE DEVIENDRA INCONTRÔLABLE...
... ET LE DESTRUCTEUR COMMENCERA À S'EMBALLER.
!
!!
ALORS ? VOUS VOUS EN FOUTEZ TOUJOURS ?
...
VOUS N'ÊTES PAS OBLIGÉS DE RÉPONDRE TOUT DE SUITE.
JE VOUS LAISSE CHOISIR CE QUE VOUS FEREZ...
... ET D'OÙ VOUS PARTIREZ POUR LE FAIRE.
FSHOU
!!

?!
QU'EST-CE QUE C'ÉTAIT ?
BLABLA
BLABLA
POUAH !
L'ENFOIRÉ, IL NOUS A ENCORE...
POUAAH

C'EST ENCORE…
… LE PASSÉ ?
NON… REGARDE.
C'EST LE SIÈGE DE L'ARMÉE INFERNALE.
IL PARAÎT QUE C'EST SATAN, CELUI DE MAINTENANT, QUI L'A CONSTRUIT.
ON EST DANS LE PRÉSENT.

SATAN SERAIT...
... DANS CE TRUC ?
IL M'A PAS APPELÉ DEPUIS UN MOMENT.
...
HÉ ! SATAN ! SALE THON !
!!
MONTRE UN PEU TA SALE TRONCHE !
JE VAIS TE FOUTRE UNE RACLÉE !
LAISSE PAS L'AUTRE MASQUÉ TE FAIRE LA PEAU !
...
J'AI BIEN RÉFLÉCHI MAIS ÇA SERT À RIEN...
JE PIGE PAS BIEN CE QUE SATAN ET CE DIGLY ONT PRÉVU...

J'AI DÉCIDÉ TOUT SEUL DE DEVENIR LE PLUS FORT. LE DESTIN A RIEN À VOIR LÀ-DEDANS !
ALORS, JE ME PRENDRAI LA TÊTE AVEC DES TRUCS COMPLIQUÉS PLUS TARD.
PFOU ...
C'EST ÇA...
T'ES PAS ÉQUIPÉ POUR RÉPONDRE AUX QUESTIONS DIFFICILES.
PLOUF
!!
POUAH ! SALETÉ !
MOI, J'AI PAS ENCORE ASSEZ DE DONNÉES POUR RÉPONDRE.
PLATCH
FLOUTCH
ON VA S'EN PRENDRE À SATAN. ELLE EST AU CENTRE DE TOUT ÇA ET ELLE ÉLUDE TOUTES LES QUESTIONS...
... JE RÉPONDRAI APRÈS LUI AVOIR PARLÉ.

OUAIS ! FAUT PAS QUE FÔL LE BUTE AVANT !
POUR L'INSTANT, JE SUIS COMME LUI, J'AI AUCUNE ENVIE DE ME LAISSER MENER PAR LE DESTIN.
CE NASE A ESSAYÉ DE ME TUER AVANT QU'IL SOIT TROP TARD.
IL VEUT VOIR CE QU'ON VA FAIRE POUR SAVOIR SI TU VAS SUIVRE TON DESTIN.
ET QUAND J'AURAIS ÉTÉ ASSEZ GRAND IL M'AURAIT TUÉ AVEC SATAN ? TU PARLES D'UN FINAL !
TU PARLES, RÉINCARNATION OU PAS, JE SUIS MOI, PAS DIGLY !
ON VA VOIR SATAN !
ON VA PAS LAISSER L'AUTRE NOUS DOUBLER !
C'EST PAS SOUVENT QU'ON A LA MÊME IDÉE.

HEIN ?
COMMENT ON FAIT POUR ALLER LÀ-BAS ?
ÇA A L'AIR LOIN.
J'EN SAIS RIEN !
TU PEUX PAS TE TÉLÉPORTER COMME LES AUTRES ?
FSHOUU
C'EST TROP LOIN. JE PEUX PAS ALLER N'IMPORTE OÙ.
EN PLUS, JE SUIS NUL POUR CE GENRE DE TRUC À DEUX BALLES.
C'EST VRAI QUE T'ES PAS NON PLUS DOUÉ POUR LES SORTS DE GUÉRISON.
T'ES RIEN QU'UNE GROSSE BRUTE SANS CERVELLE.
GRRR
GNNN
C'EST PAS FACILE, LES SORTS DE GUÉRISON ! T'Y CONNAIS RIEN, JE TE RAPPELLE !
PLAF
POUVOIR UTILISER ET SAVOIR UTILISER, C'EST PAS PAREIL !
PAM
LE CERBÈRE EST PAS CENSÉ MANIPULER TOUS LES TYPES DE MAGIE ?
T'ES QU'UN HUMAIN INCAPABLE D'UTILISER LA MAGIE !
EN FAIT, TU MANQUES DE PRATIQUE, C'EST BIEN ÇA ?
PLAAAM
AH ! MON MAGASIN !
AAAH !
PLAF
PAR ICI ! C'EST EUX !
TU ME SAOULES !
T'ES QU'UN SALE CLÉBARD !
C'EST CES DEUX-LÀ !
PAM
SALE

C'EST VOUS LES DEUX ÉMEUTIERS ?
ON EST DE LA TREIZIÈME BRIGADE DE L'AIR DE L'ARMÉE INFERNALE.
JE VAIS VOUS DEMANDER DE NOUS SUIVRE.
!!
ÇA TOMBE SUPER BIEN !

JE SUIS UN REMPLAÇANT.

CHAPITRE 23 : LES AMIS - THE BONDS

ON SE PRÉPARE POUR L'ATTAQUE FINALE ?
HÉ HÉ HÉ HÉ !
CHAPITRE 23 :
LES AMIS - THE BONDS

NELL ?
C'EST ÇA...
C'EST BIEN TOI ?
TIENS, JE TE LE DONNE !
TSAP
C'EST LE VRAI FRAGMENT DE LA TERRE !
J'EN AI PLUS BESOIN MAINTE-NANT !
SI LE BOSS SAIT QUE JE NE L'AI PLUS, IL ME FOUTRA LA PAIX.
...
QU'EST-CE QUE...
... TU MIJOTES ENCORE ?
J'AI DÉCIDÉ DE CHANGER LES RÈGLES...
... J'AI PLUS AUCUN MÉRITE À ÊTRE DANS LA RÉSIS-TANCE.
TSAC
FSHOUUU
FSHOU
SALUT ! ♪

L'ENFER
LAISSEZ-MOI SORTIR !
VOUS ALLEZ ME LAISSER LÀ-DEDANS JUSQU'À QUAND ?
APPELEZ UN GÉNÉRAL, EN VITESSE !
TU CROIS QU'ILS VONT SE DÉPLACER POUR UN MINABLE DANS TON GENRE ?
JE FAIS PARTIE DES FORCES SPÉCIALES DE L'ARMÉE INFERNALE !
C'EST QUI, CE MEC ?
CLAC
UN MINABLE QUI FOUTAIT LE BAZAR EN VILLE, ON L'A AMENÉ ICI POUR LE CALMER.
T'AS VU SES FRINGUES ? C'EST UN UNIFORME ACHETÉ DANS UNE BOUTIQUE DE DÉGUISEMENT ?
LAISSEZ-MOI SORTIR !
IL A UN CODE D'IDENTIFICATION SUR LE BRAS MAIS ÇA CORRESPOND À RIEN.

BOR-DEL !
JE PENSAIS QU'ILS ALLAIENT NOUS EMMENER AU Q.G., PAS DANS CETTE ANNEXE MINABLE.
ON DIRAIT QUE LES GÉNÉRAUX SONT DES TYPES SUPER IMPORTANTS ICI.
MÊME SI ON SORT D'ICI, ON N'ARRIVERA PAS À REJOINDRE LE Q.G.
JE VAIS DEVOIR TE DIRE DE TE CALMER COMBIEN DE FOIS POUR QUE TU COMPRENNES ?
...!!
JE VAIS BOUSILLER TOUT ÇA AVEC UNE ARME MAGIQUE !
JE TE L'INTERDIS !
HEIN ?
... ET QU'IL VIENT D'ARRIVER.
TAC
TAC
ET PUIS, JE CROIS QU'UN GÉNÉRAL A COMPRIS LE PROBLÈME...
TAC
JE VEUX ME REPOSER UN PEU ET SOIGNER NOS BLESSURES.
ON RISQUE ENCORE DE DEVOIR SE BATTRE, MÊME SI ON N'EN A PAS ENVIE.
POURQUOI TU LE PRENDS COMME ÇA ?

BOOM
BONG
!!
AÏEUH !
VU L'ENDROIT, J'AI CRU QUE VOUS N'ÉTIEZ QU'UN FABULATEUR.
BONG
DÉSOLÉ, SEIGNEUR NORA, MA MAIN A GLISSÉ.

ENCORE TOI, BALIK ?
COMME JE VOUS L'AI DÉJÀ DIT, C'EST À MOI DE VOUS EN FAIRE LA REMARQUE.
PSHH
EUH... COMMANDANT BALIK...
JE M'OCCUPE DE CES DEUX IMBÉCILES.
QUOI ?
QUI TU TRAITES D'IMBÉCILE ?!
QU'EST-CE QUI SE PASSE AU JUSTE ?
TAC
TAC
TAC
TAC
QUAND ON M'A DIT QU'UN DÉMON AVEC UN ŒIL ARGENTÉ FAISAIT UN SCANDALE POUR VOIR SATAN, JE SUIS VENU...
À QUOI PENSES-TU, L'ÉLU ? C'ÉTAIT BIEN TON IDÉE DE VENIR ICI ?
TU AS DÉJÀ RISQUÉ TA VIE POUR AVOIR DES POUVOIRS ET MAINTENANT, TU VEUX RENCONTRER SATAN ?
JE VEUX BIEN RÉPONDRE, MAIS...
C'EST PAS LA PEINE !
IL PIGE JAMAIS RIEN !
!!
QU'EST-CE QUE VOUS DITES ?
GRRR

C'EST COMME ÇA QUE VOUS ME REMERCIEZ POUR CE QUE J'AI FAIT ?
QUOI ?!
JE NE SAIS PEUT-ÊTRE PAS GRAND-CHOSE, MAIS JE SAIS AU MOINS QUE JE VOUDRAIS ÊTRE DÉBARRASSÉ DE VOTRE BÊTISE !
D'APRÈS VOUS, À QUI AVEZ-VOUS TOUJOURS CAUSÉ LE PLUS DE PROBLÈMES ?
VOUS AVEZ TOUJOURS ÉTÉ CAPRICIEUX ET INSOLENT !
VOUS N'IMAGINEZ PAS À QUEL POINT VOUS M'AVEZ FAIT SOUFFRIR PENDANT TOUT CE TEMPS !
ARRÊTE DE ME TRAITER D'IMBÉCILE, ABRUTI !
LA PROCHAINE FOIS, JE TE TUE !
LES MECS COMME VOUS SONT VRAIMENT ...
... STUPIDES !
SALETÉ !
COMMANDANT ! C'EST TERRIBLE !
REGARDEZ DEHORS !

WAOOOOOOM
!!
AAAAH !
BOM
QU'EST-CE QUE C'ÉTAIT ?
HÉ ! REGARDE !
LES FORCES DE LA RÉSISTANCE SONT PASSÉES À L'ATTAQUE !
QUARTIER GÉNÉRAL DE L'ARMÉE INFERNALE
ZONE SPÉCIALE
THSAP

FSHOUU
VOUS ÉTIEZ LÀ, SEIGNEUR SATAN ?

TU N'AS PAS ENCORE FINI TA JOURNÉE...
...
QUAND J'AI DÉCIDÉ DE RÉGNER SUR LE MONDE...
... JE N'AVAIS PAS VRAIMENT COMPRIS QUEL SERAIT LE PRIX À PAYER.
FHSHDUUU
CES ENFANTS NE CONNAISSENT PAS ENCORE L'IMPORTANCE DE L'AMITIÉ...
... NI LA DOULEUR DE PERDRE UN AMI.
J'AIMERAIS QU'ILS N'AIENT PAS À EN FAIRE L'EXPÉRIENCE.
HI HI...
SUR CE, CAÏN !
!!

CRRRRR
ON DIRAIT BIEN QUE NOUS AVONS UN INVITÉ.
ÇA RESSEMBLE...
CLING
CLING

… QUE QUELQU'UN CHERCHE À FORCER NOS DÉFENSES.
UNE SEULE PERSONNE EN EST CAPABLE.
…
ÇA M'EMBÊTE D'Y MÊLER TOUS LES OCCUPANTS DU Q.G.
IL FAUT LES ÉVACUER AU PLUS VITE.
JE M'EN OCCUPE.
GÉNÉRAL RENARDO ! ALERTE !
QUE SE PASSE-T-IL ?
ON A UN MESSAGE DU HAUT COMMANDEMENT !
LA RÉSISTANCE…

FSH-AAM
!!
QUEL-QU'UN...
... A LANCÉ UN SORTILÈGE DE TÉLÉ-PORTATION.
!!
!!
!!
!!

J'AI PU VÉRIFIER QU'ILS AVAIENT TOUS ÉTÉ ÉVACUÉS.
PLUS PERSONNE NE NOUS DÉRANGERA.
FSHAAAM
!!
SEIGNEUR SATAN !
TU DOIS Y ALLER AUSSI, CAÏN.
ATTENDEZ ! JE DOIS...
JE TE CONFIE LES AUTRES.
ATT...

SEIGNEUR SATAN !

NOUS SOMMES ASSIÉGÉS ! ASSUREZ-VOUS QUE LES HABITANTS SOIENT EN SÉCURITÉ !
UOS
NOS ASSAILLANTS SONT NOMBREUX MAIS PEU PUISSANTS !
ILS NE SONT PAS ORGANISÉS ET NE FONT PAS LE POIDS FACE À NOUS.
JE VOUS FAIS CONFIANCE.
JE RETOURNE AU Q.G.
À VOS ORDRES !
RETOURNONS VITE AU Q.G.
VOUS VENEZ AVEC MOI, SEIGNEUR NORA !
COMMENT TU VAS Y ALLER ?
NOUS ALLONS UTILISER UNE "PORTE" RÉSERVÉE AUX GÉNÉRAUX.
TAPTAPTAP
TAP
JE VEUX SAVOIR CE QUI SE PASSE LÀ-BAS.

LÀ ! DES MECS DE L'ARMÉE INFERNALE !
TUEZ-LES !
ILS VIENNENT JUSQUE-LÀ ?!
IL EST POUR MOI !
TSS !
FJHOU
BOM
BANDE DE MINABLES !

TSYNG
HEIN ?
TSAC
QU'EST-CE QUE VOUS FAITES ? VOUS ME GÊNEZ !
FSHOU
JE N'AI PAS L'HABITUDE QU'ON M'AIDE ! ARRÊTEZ !
VOUS COMPLIQUEZ INUTILEMENT LES CHOSES !
HEIN ?!
LA FERME !
J'EN AI RAS-LE-BOL DE T'ENTENDRE RÂLER !
...

VOUS AVEZ CHANGÉ.
HEIN ?
VOUS AVEZ COU-VERT MES ARRIÈRES.
HEIN ?
J'AI PAS CHANGÉ DU TOUT.
MAIS J'AI PIGÉ QU'IL Y AVAIT UN TRUC QUI ME GONFLAIT !
TCHAC
J'AIME PAS QUE MES PROCHES SE FASSENT BUTER !
FSHOUM
ÇA ME FAIT MAL AU CŒUR !
MAIS JE SAURAIS PAS DIRE POURQUOI.
FSHOUUU
...
ZAK
VOUS ÊTES VRAIMENT STUPIDE.
RÉPÈTE UN PEU, POUR VOIR !!

CRIIIIIIIII
TSING
CLIIIIING
JE NE T'ATTENDAIS PAS SI TÔT.
TSAP
TU AURAIS DÛ Y ALLER PLUS DOUCEMENT.
TSS... TU CROIS ?

JE SUIS IMPATIENT DE TE VOIR, SEIGNEUR SATAN.

JE SUIS DÉSOLÉE, MAIS JE N'AI PAS PRÉPARÉ DE THÉ.
J'AI ÉVACUÉ TOUT LE MONDE. IL N'Y A PLUS QUE MOI.
TAP
MMH...
ÉVIDEM-MENT, TU AS ENCORE FAIT PREUVE DE SENTI-MENTS IMBÉCI-LES.
ET TOI, TU ES TOUJOURS AUSSI VIOLENT.
EN PLUS, TU N'ES PAS VENU SEUL.
J'AI L'IMPRESSION QUE TU AS PRATIQUÉ DES OUVERTURES ICI ET LÀ.
ÇA TE DÉPLAÎT ?
ALORS, JE LES FERME.
FSHOU
...!!

LEVIATH !
BAJY !
HEIN ?
!!
TOUS LES GÉNÉRAUX SONT LÀ ? QU'EST-CE QUE VOUS FOUTEZ DEHORS ?
ET VOUS, POURQUOI VOUS ÊTES LÀ ?
C'EST UNE CATASTROPHE ! LA RÉSISTANCE...
ON SAIT.
ON A ENVOYÉ TOUS LES AUTRES FILER UN COUP DE MAIN.
QU'EST-CE QUI S'EST PASSÉ ?
TOUS CEUX QUI SONT À L'INTÉRIEUR SE SONT RETROUVÉS DEHORS.
LE SEIGNEUR SATAN LES A TÉLÉPORTÉS.

LA RÉSISTANCE S'EST INFILTRÉE DANS NOTRE BASE EN PLUSIEURS ENDROITS.
LE SEIGNEUR SATAN NOUS A ÉVACUÉS POUR RESTER SEUL À L'INTÉRIEUR.
!
CAÏN ! L'AUTRE ...
FÔL EST LÀ, C'EST ÇA ?
!!
...
FÔL ?
...
LE CHEF DE LA RÉSIS-TANCE.
COMMENT VOUS LE SAVEZ ?
WUIIII

BRAOM
C'EST QUOI ?
ON DIRAIT UNE PLUIE DE LUMIÈRE...
C'EST...
... UN SORT DE FÔL !
RECULEZ TOUS !

DÉ...
... GAGEZ !
TJAP

OOOM

UNE ENCEINTE MAGIQUE !
NOUS ALLONS DEVOIR ATTENDRE ICI.
TOUT LE MONDE VA BIEN ?
SEI-GNEUR CAÏN !
LE SEIGNEUR NORA !
TSHRIII
TSHRIII
PU... PUTAIN...
GNNN
IL A ÉTÉ TOUCHÉ PAR DES ÉCLATS.
TSHRIII

C'EST POUR TOUTES LES FOIS OÙ TU M'AS SAUVÉ, BAJY.
DITES PAS N'IMPORTE QUOI ! VOUS AVEZ FONCÉ SANS MÊME AVOIR DE POUVOIRS !
...
BOUGEZ PAS.
GNNN
C'EST STUPIDE !
POURQUOI AVEZ-VOUS...
JE T'AI DÉJÀ DIT DE PLUS ME TRAITER D'IMBÉCILE !
COMME JE TE L'AI DIT, JE COMPRENDS PAS VRAIMENT, MOI-MÊME !
JE VAIS VOUS SOIGNER, NE BOUGEZ PAS.
...
ÇA VA ALLER !
AÏE !
BOUGEZ PAS, SEIGNEUR NORA ! LEVIATH, VIENS NOUS AIDER !
MÊME S'IL N'A PAS DE POUVOIRS, LES ÉCLATS L'ONT BIEN AMOCHÉ.
CETTE ENCEINTE MAGIQUE...

... RECOUVRE TOUT LE Q.G.
ON NE POURRA PAS Y ENTRER.
BORDEL ! LE SEIGNEUR SATAN VA PAS ÊTRE LE SEUL À SE BATTRE, QUAND MÊME !
IL DOIT BIEN Y AVOIR UN MOYEN DE LA DÉTRUIRE.
...
IL Y A UNE SOLU-TION.
!!
IL FAUT FONCER DESSUS ET LA DÉTRUIRE AVEC SA PROPRE MAGIE.
C'EST UN SORT SI PUISSANT QUE ÇA ?
NOUS SOMMES DES DÉMONS DE HAUT RANG NOUS POUVONS Y SURVIVRE...
... OU NON.
!!

JE COMPTE SUR VOUS POUR LA SUITE.
HÉ !
THSAP
ARRÊTE, CAÏN !
QU'EST-CE QUE TU...?
J'AI VÉCU UN PEU TROP LONGTEMPS, ÇA TOMBE PLUTÔT BIEN.
IL FAUT SAVOIR SE SACRIFIER POUR PROTÉGER CERTAINES CHOSES.
...!!
!
FSAP

ARRÊTE, JE TE DIS !
TSAAAP
N'AP-PROCHEZ PAS !
HEIN ?!

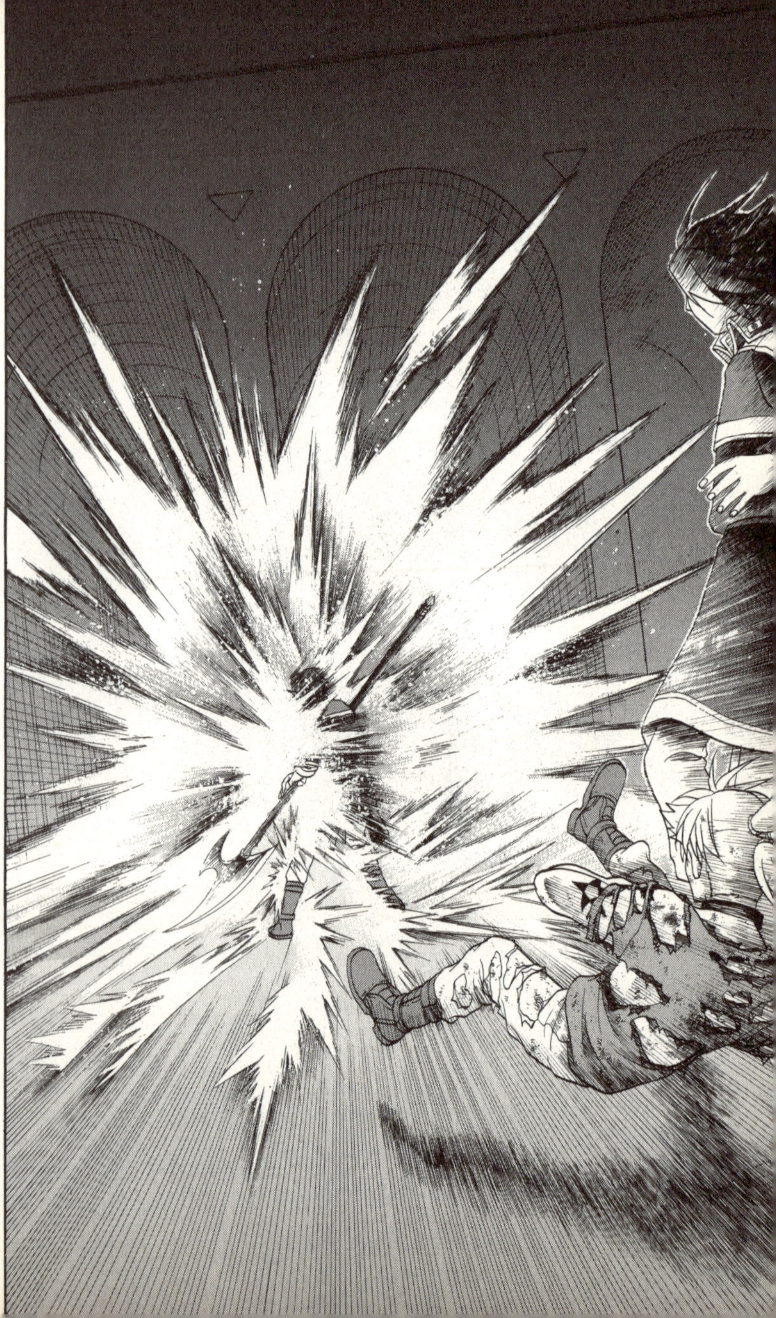

BA...
BALIK !!

CLIIING

LA MAGIE L'A FRAPPÉ DE L'INTÉRIEUR...
SON CŒUR ...
LES SORTS DE GUÉRISON NE SERVIRONT À RIEN.
BALIK !
COMMANDANT BALIK !
...
QU'EST-CE QUI VOUS PREND...
... À CAÏN ET À TOI ?
...
VOUS ME DEMANDEZ POURQUOI ? C'EST STUPIDE...
VOUS AVEZ FAIT LA MÊME CHOSE À L'INSTANT MÊME.
KOF
VOUS AVEZ DIT QUE VOUS NE COMPRENIEZ PAS VOUS-MÊME.
EN FAIT, VOUS DEVRIEZ COMPRENDRE...
JE L'AI FAIT POUR MES AMIS...

VOUS ÊTES...
... NOTRE AMI À TOUS.

VOUS NE VOULEZ PAS...
... LE RECONNAÎTRE, C'EST TOUT.
FERME-LA !
ÇA ME FAIT PAS PLAISIR DE LE SAVOIR !
TSAP
JE VOULAIS JUSTE T'ÉCLATER !
JE TE DÉTESTE !
T'ES QU'UN NASE QUE J'AI TOUJOURS VOULU VOIR CREVER !
EN FAIT... MOI AUSSI...
... JE VOUS DÉTESTE...
C'EST POUR ÇA...
... QUE JE...

... NE VOUS LAISSERAI PAS...
... MOURIR...

BA...
BALIK ! HÉ !
POURQUOI TU DIS PLUS RIEN ?
DIS QUELQUE CHOSE ! HÉ !
DIS-MOI UNE SALOPERIE, COMME D'HABITUDE !
T'AS ENTENDU ?!
VOUS ÊTES STUPIDE !
T'ARRÊTAIS PAS DE L'OUVRIR JUSQUE-LÀ !
TU DISAIS QUE J'ÉTAIS UN ABRUTI !
DIS-LE !
ALLEZ !

JE T'AI DIT DE PARLER, ABRUTI !
SALETÉ !
RENARDO ! UTILISE UN SORT DE GUÉRISON !
...
GROUILLE !
J'AI PIGÉ, JE VAIS LE FAIRE !
J'INVOQUE LA BÉNÉDICTION DE LA TERRE !
...
JE T'Y AUTORISE !

PLAF
MERDE ! JE SUIS VRAIMENT PAS DOUÉ POUR ÇA !
JE VAIS EN ESSAYER UN AUTRE !
J'INVOQUE LE GRAND LAC CURATEUR !
JE T'Y AUTORISE !
ÇA MARCHE PAS ! UN SORT DE L'AIR...
'TAIN ! POURQUOI ?!
POURQUOI ?!
EN FAIT, VOUS DEVRIEZ COMPRENDRE...
JE L'AI FAIT POUR MES AMIS...
JE VOULAIS PAS...
... LE SAVOIR...
SI TU DEVAIS CREVER, FALLAIT PAS DEVENIR MON POTE !

EN-CORE TOI, ABRUTI ?!
C'EST À MOI DE VOUS LE DIRE !
POURQUOI SUIS-JE VENU ?
T'AS EU CHAUD !
QU'EST-CE QUE VOUS FAITES, ABRUTI ?
HUMILIATION
C'EST MARRANT COMME MONOLO-GUE.
PLAM
PLAM
POW
TRON-CHE DE JELLY !
TAP TAP TAP TAP
BROOOO
J'AI PAS DEMAN-DÉ À LE DE-VENIR.
C'EST VRAI. C'EST UNE PUNI-TION DUE À VOTRE COMPOR-TEMENT.
TU VOIS, JE PEUX COURIR NORMALE-MENT, J'AI MÊME PAS MAL.
JE RENONCE À VOUS EXPLI-QUER...
C'EST N'IMPORTE QUOI.
QU'EST-CE QUE TU FOUS ICI ?
QU'EST-CE QUE VOUS FAITES LÀ ?
JE VOUS DÉTESTE...
JE VOUS DÉTESTE... BORDEL...

BORDEEEEEEEEEEEEL !

CHAPITRE 24 : SOUVENIRS - MEMORIES

CHAPITRE 24 :
SOUVENIRS - MEMORIES

C'EST TOI...
... QUI ES STUPIDE.
FSHOUUU
TSAP
LE SENS ET L'IMPORTANCE DE L'AMITIÉ...
... TE SONT TOUJOURS AUSSI INCONNUS.
PUISQUE TU TE MOQUES DE MES AMIS...
... JE SERAI SANS PITIÉ !

LÂCHEZ-MOI ! ARRÊTEZ !
POURQUOI IL DISPARAÎT ?!
POURQUOI------!
CE SONT SES PLAQUES D'IDENTIFICATION.
PRENEZ-LES !
SEIGNEUR NORA...
FSHOUP
VOUS AVEZ RIEN DANS LE CRÂNE OU QUOI ?

ÇA VOUS FAIT RIEN DE VOIR UN TYPE...
... QUI SE DISAIT VOTRE AMI DISPARAÎTRE.
NOUS AVONS DÉJÀ VÉCU ÇA PLUSIEURS FOIS.
PLUSIEURS DE NOS AMIS SONT DÉJÀ MORTS.
EN CE MOMENT MÊME, IL Y EN A PEUT-ÊTRE QUI SE SACRIFIENT EN VILLE.
NOUS SOMMES DES MILITAIRES...
... DES ROUAGES QUI FONT FONCTIONNER LA MÉCANIQUE DE L'ARMÉE INFERNALE.

POUR PROTÉGER CE QUI EST IMPORTANT...
... IL FAUT FAIRE DES SACRIFICES.
IL FAUT SAVOIR SE SACRIFIER POUR PROTÉGER CERTAINES CHOSES.
ALORS, À QUOI ÇA RIME ?
C'EST QUOI, LES AMIS ?
S'ILS DOIVENT CREVER RAPIDEMENT, J'EN AI PAS BESOIN.
SEI-GNEUR NORA...

ÇA SUFFIT, MAINTENANT !
PAF
!!
ALLEZ ! DEBOUT !
AÏE...
VOUS ALLEZ RESTER PROSTRÉ COMME ÇA ENCORE LONG-TEMPS ?
QU'EST-CE QU'ON DOIT FAIRE MAINTENANT ?
POURQUOI EST-CE QUE BALIK EST MORT ?

POUR QU'ON AVANCE !
SI ON EST SES POTES, ON DOIT RESPECTER SA VOLONTÉ !
ALLEZ, VOUS AUTRES ! GROUILLEZ-VOUS !
LE PREMIER QUI FAIT DEMI-TOUR, JE LE LATTE !
À VOS ORDRES !
CE QU'IL PEUT ÊTRE VIOLENT...
JE TE JURE...
PFOU...
VOUS ARRÊTEZ PAS, SURTOUT !
ON N'A PAS LE TEMPS POUR ÇA !

LE Q.G. RENFERME UNE ZONE SPÉCIALE PROTÉGÉE PAR UNE ENCEINTE.
C'EST LÀ QUE SERAIT LE SEIGNEUR SATAN.
Y A UNE ENTRÉE ?
ON Y ACCÈDE DEPUIS LE DERNIER ÉTAGE DE CHACUNE DES CINQ TOURS.
IL Y A UNE PORTE DE COMMUNICATION DANS LE BUREAU DE CHACUN DES GÉNÉRAUX.
IL Y A LE FEU, L'EAU, L'AIR ET LA TERRE, ET L'ÉTHER QUE GÈRENT LE SEIGNEUR CAÏN ET SA MAJESTÉ SATAN.
TOUR DE L'ÉTHER
TOUR DE L'AIR
ZONE SPÉCIALE
TOUR DE L'EAU
TOUR DE LA TERRE
ENTRÉE PRINCIPALE
TOUR DU FEU
NOUS NE POUVONS PAS BRISER UNE ENCEINTE INVOQUÉE PAR SATAN. ON VA DEVOIR PASSER PAR L'UNE DES CINQ PORTES.
LÀ, ON EST DANS LA TOUR DE L'AIR...
... MÉDOR ET LES AUTRES SONT DANS LA TOUR DE L'EAU...
... ET JE CROIS QUE CAÏN EST PARTI DANS CELLE DE L'ÉTHER.

TU CROIS QU'ON A BIEN FAIT DE LE LAISSER PARTIR SEUL ?
IL FAIT TOUJOURS CE QU'IL VEUT.
NOUS N'AVONS PAS NOTRE MOT À DIRE.
ET TOI, TU CROIS QUE TU AS BIEN FAIT DE TE SÉPARER DE TON ANGE DÉMONIAQUE ?
ÇA NE TE RESSEMBLE PAS DE LAISSER PARTIR SANS RIEN DIRE.
...
J'AI RIEN À VOIR AVEC L'HISTOIRE DE TÊTE DE POISCAILLE.
IL DOIT RÉFLÉCHIR ET TROUVER LA RÉPONSE TOUT SEUL.
ET PUIS, J'AI UNE QUESTION À TE POSER À PROPOS DE MÉDOR.
OH ?
TAP TAP TAP
!!
PLAF
QU'EST-CE QU'IL Y A KIRII ?
IL Y A QUELQUE CHOSE DE BIZARRE.
C'EST QUELQUE CHOSE QUI FLOTTE DANS L'AIR...
HEIN ?

LA TOUR DE L'EAU
AH... Y A QUELQUE CHOSE DE GONFLANT...
C'EST NORMAL. OBSERVE L'ATMOSPHÈRE.
VOUS AUTRES, FERMEZ VOS ESPRITS !
APPAREMMENT, CEUX DE LA RÉSISTANCE SONT NOMBREUX !
D'ACCORD...
TANT QU'ON NE SAURA PAS QUAND ET D'OÙ ILS ATTAQUERONT...
BLOUTCH
AAAAAAAH !

C'EST QUOI ? UNE JELLY ?
BLOUTCH
TU PARLES D'UNE TROUILLE !
C'ÉTAIT PAS LA PEINE DE HURLER COMME ÇA.
C'EST DE SA FAUTE, IL M'EST TOMBÉ DESSUS PAR SURPRISE !
OH ! UN JELLY DORÉ, C'EST RARE !
QU'EST-CE QUE C'EST QUE ÇA ?
IL A LA MÊME COULEUR QUE CELUI DE L'AUTRE FOIS.
VOUS VOUS SOUVENEZ, SEIGNEUR NORA ?
DE QUOI ?
LA PREMIÈRE FOIS QUE NOUS NOUS SOMMES RENCONTRÉS, VOUS, BALIK ET MOI.
VOUS VOUS ÉTIEZ PERDU EN CHERCHANT UN JELLY DANS LE Q.G.
NOUS AVIONS ENVIRON L'ÂGE QUE VOUS AVEZ AUJOURD'HUI.
...?!
NOUS VENIONS D'ARRIVER AU Q.G.
COMMENT AVIEZ-VOUS PU SORTIR SEUL DE LA ZONE SPÉCIALE ?
LE COMMANDANT EN SECOND DE L'ÉPOQUE LAISSAIT SOUVENT LA PORTE OUVERTE.
ÉVIDEMMENT, C'ÉTAIT LUI...

JE NE SAIS PLUS POURQUOI, MAIS DÈS VOTRE PREMIER REGARD VOUS VOUS ÊTES DÉTESTÉS.
TRÈS BIEN ET OÙ ÉTAIT LE JELLY ?
IL ÉTAIT PAS COLLÉ AU PLAFOND ?
NON... CONTRAIRE-MENT À TOI, J'AVANÇAIS EN FAISANT ATTENTION AU PLA-FOND...
... SI LE JELLY AVAIT ÉTÉ COLLÉ LÀ-HAUT, JE L'AURAIS VU...
BLOUP
TSAP
JE CROIS QUE JE PEUX IMAGINER CE QUI S'EST PASSÉ...
?!
SHURRP

ILS ONT DISPARU !
LEVIATH ! REGARDE LE FLUX MAGIQUE AUTOUR DE NOUS !
PLOP
AAAH !
SHLUUU
GNNN
HÉ ! JE SUIS ASPIRÉ !
ATTENTION !
IL Y A DES TOURBILLONS UN PEU PARTOUT ?!
TU VEUX QUE LES TROIS AUTRES SOIENT QUELQUE PART DANS LE BÂTIMENT ?
ÇA CRÉE DES DISTORSIONS...
C'EST PARCE QUE LE BOSS DE LA RÉSISTANCE A FAIT DES TROUS DANS L'ENCEINTE.

ON EST OÙ, LÀ ? À LA CANTINE ?
Y A PERSONNE...
Y A PLUS QUE TOI...
LA PREMIÈRE FOIS QUE NOUS NOUS SOMMES RENCONTRÉS, VOUS, BALIK ET MOI.
!!
C'EST VRAI... C'ÉTAIT LÀ...
JE ME SOUVIENS...
... DE CE MOMENT...
PUISQUE JE VOUS DIS QUE MON JELLY S'EST ENFUI !
SI VOUS LE TROUVEZ PAS, JE LE DIRAI À SATAN !

C'EST QUI, CE MORVEUX ?
CE SERAIT LE FILS CACHÉ DE SA MAJESTÉ SATAN ?
HA HA HA HA ! IL VA FINIR POIVROT !
BON ...
MOI, JE SUIS BALIK.
JE SUIS DANS LA 49ÈME BRIGADE DE L'ARMÉE DE L'EAU.
MOI, C'EST ANITH DE LA 25ÈME BRIGADE DE L'ARMÉE DU FEU.
J'AI PAS ENVIE D'AVOIR DES PROBLÈMES DÈS LE JOUR DE LA VISITE.
JE VAIS ALLER CHERCHER UN GRADÉ !
TU ME LAISSES LE MÔME SUR LES BRAS ?
JE SUIS PAS UN MÔME !
C'EST PAS UNE FAÇON DE PARLER POUR UN MÔME !
HÉ ! ÉCOUTE BIEN, MOI, JE SUIS...

TAP
CERBÈRE !
!!
TJRAAAC
'TAIN !
TAP
TAPTAP

TSHAK
SALETÉ !
GNIII
TYRON !
JE SUIS FLATTÉ QUE VOUS VOUS SOUVENIEZ DE MOI !
VU QUE VOUS ÊTES VENU SEUL...
GNIII
GNIII
... JE VOUS DEMANDE-RAIS DE VOUS JOINDRE À MOI.
...
J'AI PAS LA TÊTE À ÇA POUR LE MOMENT !
TSAP

PIGÉ ?!
PLAM
TSAP
QUE TU LE VEUILLES OU NON, JE SUIS LÀ.
LES DEUX PREMIÈRES FOIS, ON A ÉTÉ DÉRANGÉS.
MAIS CETTE FOIS, CE NE SERA PAS LE CAS.
IL EST LÀ-HAUT !
SEIGNEUR NORA !
QU'EST-CE QUE VOUS FAITES...
VOUS ?
ET VOILÀ ...
ENCORE DES GÊNEURS ...

CHIIIING
TSAC
ANITH !
OTHEL !

BAM
BAM
AAH !
FSHOU
FSHOU
?!
HEIN ?
ARGH !
AAAH !
ILS SONT NOMBREUX.
TSAP
TSAP
C'EST EMBÊTANT... EN PLUS, ON NE PEUT PAS UTILISER LA MAGIE ICI.
NE VOUS OCCUPEZ PAS DE NOUS !
...

TU T'INQUIÈTES TELLEMENT POUR TES COPAINS ?
SALETÉ !
CEUX D'EN BAS SONT PAS TES POTES ?
TSING
J'AI REJOINT L'ORGANISATION POUR RENCONTRER DES MECS PLUS FORTS QUE MOI, C'EST TOUT !
NOUS NE NOUS ASSOCIONS QU'EN FONCTION DES CIRCONSTANCES.
DÈS QUE NOS INTÉRÊTS NE CONVERGENT PLUS, NOUS NOUS SÉPARONS.
PLAF
C'EST AUSSI CE QU'ON APPELLE DES AMIS...
FSHAAA
SHAAAA

ÇA Y EST, JE L'AI RE-TROUVÉ !
TU PARLES D'UNE EMBROUILLE. C'EST POUR ÇA QUE JE DÉTESTE LES MÔMES.
SI ÇA TE PLAÎT PAS, VA TE PLAINDRE À SATAN !
C'EST LUI QUI M'A DONNÉ CE JELLY !
TU DOIS ÊTRE TRISTE QUE CAÏN T'INTERDISE D'AVOIR DES AMIS...
JE SUIS DÉSO-LÉE, NORA ...
JE SUIS PAS TRISTE !
REGARDE, IL EST DE LA MÊME COULEUR QUE TES YEUX.
ÇA TE FERA UN AMI ! ♡
JE VEUX PAS DEVENIR SON AMI, MOI...
TU PARLES D'UN SALE MÔME, JE ME DEMANDE COMMENT T'AS ÉTÉ ÉLEVÉ.
ENCORE UN COUP DE CAÏN ET SATAN.
... LE JELLY VA CREVER AVANT MOI DE TOUTE FAÇON.

MÊME SI ON S'ENTEND BIEN, IL DISPARAÎTRA VITE…
C'EST POUR ÇA QUE JE VEUX PAS DEVENIR SON COPAIN.
TONG
TONG
POURQUOI PERDRAIS-JE MON TEMPS POUR UNE RELATION AUSSI FRAGILE ?
PAM
ÇA N'A AUCUN SENS !

BAONG
AAAH !
!!
SEI-GNEUR NORA !
VOUS OCCUPEZ PAS DE MOI !
POUR LES FORTS, S'OCCUPER DES AUTRES NE PEUT ÊTRE QU'UNE FAIBLESSE.

ON SE DÉCONCEN-TRE À CRAINDRE DE LES PERDRE...
...
... ET ON CRÉE DES OCCASIONS DE PERDRE LA VIE.
HAN !
HAN !
POUR CELUI QUI VISE LE POUVOIR, LES AMIS NE SONT QUE DES BOU-LETS.
HAN !
HAN !
TSAP
TON INQUIÉTUDE T'A FAIT BAISSER TA GARDE.
TU ME DÉÇOIS UN PEU, MAIS JE NE TE FERAI PAS DE CADEAU POUR AUTANT.

CE COUP-LÀ SERA LE COUP DE GRÂCE.
ADIEU, CERBÈRE !
ADIEU, LE DESTRUCTEUR !
FSHAAA
AH ...
CRIC
ZUIP
!!
BONG

TSAP
...!
ABRUTI !
ME TRAITE PAS D'A-BRUTI !
TOI, T'ES QU'UN ...
ÇA A PEUT-ÊTRE PAS TOUJOURS ÉTÉ FACILE POUR TOI JUSQU'À MAINTENANT...
...
...
T'AS DIT QUE ÇA SERVAIT À RIEN LES AMIS...
MAIS C'EST JUSTE PARCE QUE T'AS PEUR DE LE PERDRE.

LA DOULEUR EST PROPORTIONNELLE À CE QU'ILS T'AURONT APPORTÉ.
ÇA FERA MAL, MAIS IL FAUDRA LES REMERCIER POUR TOUT CE QU'ILS T'AURONT DONNÉ.
LE JELLY M'A RIEN DONNÉ !
C'EST QUELQUE CHOSE QUI NE SE VOIT PAS.

TSONG
PLAM
HEIN ?
UN TRUC QUI SE VOIT PAS, TU PARLES !
UN MÔME PEUT PAS COMPREN-DRE ÇA !
HAN !
HAN !
TU M'AS ÉCHAP-PÉ ?
C'ÉTAIT UN EFFORT INUTILE !
TSAP

TE FOUS PAS DE MOI ! T'ES MÊME PAS UN ADULTE !
DIS-MOI CE QUE C'EST !
T'ES MÊME PLUS LÀ...
TLING
POURQUOI TA TRONCHE ET TA VOIX DE DÉBILE DISPARAISSENT PAS ?!
TAP
T'ES VRAIMENT SAOULANT !
DE TOUTE FAÇON, TU COMPRENDRAIS PAS !

C'EST CE QU'ON APPELLE UN LIEN !
ÇA FERA MAL, MAIS IL FAUDRA LES REMERCIER POUR TOUT CE QU'ILS T'AURONT DONNÉ.
LA FERME, ABRUTI !

J'AI PAS L'INTENTION DE TE RE-MERCIER !

ARGH !

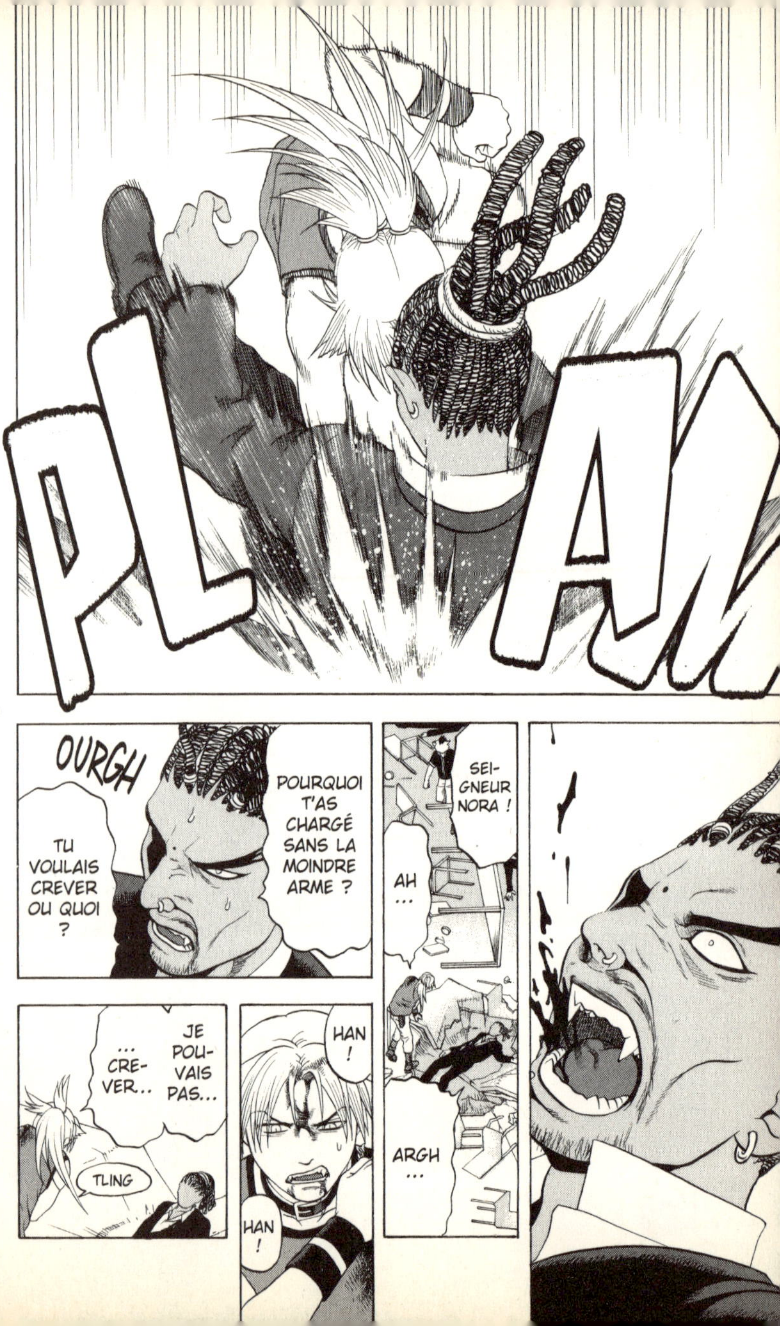
PLA
SEIGNEUR NORA !
AH ...
ARGH ...
OURGH
POURQUOI T'AS CHARGÉ SANS LA MOINDRE ARME ?
TU VOULAIS CREVER OU QUOI ?
HAN !
HAN !
JE POUVAIS PAS...
... CREVER...
TLING

ET PUIS, J'AVAIS QUELQUE CHOSE...
... AVEC MOI...
JE NE VOUS LAISSERAI PAS MOURIR...
QUOI ?
J'AVAIS UN TRUC...
... QUE T'AS PEUT-ÊTRE PAS.
AH BON ?
UN TRUC QUE J'AVAIS PAS...

C'EST DE LÀ...
... QUE VIENT TA FORCE ?
...
HAN !
VOUS ALLEZ BIEN ?
AAH !
IL FAUT VOUS SOIGNER !
GLOUPS
TSAP
HAN !
HAN !
LA DOULEUR EST PROPORTIONNELLE À CE QU'ILS T'AURONT APPORTÉ.
HAN !

IL FAUT LES REMERCIER.
QU'EST-CE QUE TU M'AS APPORTÉ...
... D'ABORD ?
PLIC
PLIC

TU M'AS...
... TELLE-
MENT
...
... DONNÉ ...
ABRUTI !
...
TSAP
SNIRF

TU VOIS, JE T'AVAIS BIEN DIT QUE MÊME EN T'EXPLIQUANT, TU NE COMPREN-DRAIS PAS, ABRUTI !
ALLEZ, FAUT QU'ON RETROUVE LEVIATH ET LES AUTRES.
À VOS OR-DRES.
T'ES DÉBILE ET SAOULANT ! JE M'EN SOUVIENDRAI !
JE SUIS PAS PRÈS DE T'OUBLIER !
PAREIL POUR MOI. UN GAMIN AUSSI DÉBILE, ÇA S'OUBLIE PAS, MÊME EN CREVANT…

À SUIVRE…

CRAYONNÉS
PRÉPARATOIRES
ANTÉRIEURS À
LA PUBLICATION

COURRIER DES LECTEURS

MONSIEUR KAKEI VOUS RÉPOND !

(QUESTIONS / RÉPONSES)

Q : J'AI UNE QUESTION POUR MONSIEUR KAKEI ! LES HUMAINS ONT UN GROUPE SANGUIN ET UN ANNIVERSAIRE, EST-CE QUE C'EST PAREIL POUR LES DÉMONS ?

(HOKUJÔ A.
(PSEUDO) DE SAITAMA)

R : ILS ONT DES GROUPES SANGUINS MAIS CE NE SONT PAS LES MÊMES QUE CEUX DES HUMAINS. POUR LES ANNIVERSAIRES, ILS EN ONT DEPUIS QUE LE SATAN ACTUEL A FAIT ADOPTER LE CALENDRIER HUMAIN.

Q : L'HISTOIRE DE L'ANCIEN CERBÈRE (DIGLY) REMONTE À COMBIEN D'ANNÉES ENVIRON ?

(LE DEUXIÈME GARDE
(PSEUDO) D'IWATE)

R : ÇA DOIT REMONTER À 2 OU 3 ANS.

Q : DEPUIS COMBIEN DE TEMPS ENVIRON LEVIATH EST-IL SI DÉSABUSÉ ?

(AKIKAZE
(PSEUDO) DE HOKKAIDO)

R : IL SEMBLERAIT QU'IL AIT TOUJOURS ÉTÉ COMME ÇA.

← LA SUITE... PAGE SUIVANTE !

COURRIER DES LECTEURS

MONSIEUR KAKEI VOUS RÉPOND !

(QUESTIONS / RÉPONSES)

Q : COMMENT AVEZ-VOUS IMAGINÉ LES NOMS DES DÉMONS ? (DE QUOI VOUS ÊTES-VOUS INSPIRÉ ?)

(FENRISUFR (PSEUDO) DE HOKKAIDO)

R : ENCORE UNE QUESTION QUI REVIENT SOUVENT. EN DEHORS DE CERTAINS NOMS COMME CEUX DE NORA OU DIGLY, LES NOMS SONT CEUX DE DÉMONS APPARAISSANT DANS DIFFÉRENTES MYTHOLOGIES. CERTAINS LECTEURS M'ONT ÉCRIT POUR ME SOUMETTRE LEURS RECHERCHES SUR L'ORIGINE DE CERTAINS NOMS MAIS JE PRÉFÈRE VOUS FAIRE CONFIANCE POUR LES DÉCOUVRIR.

APPEL

ADRESSE :
NORA - COURRIER DES LECTEURS
SHÛEISHA, RÉDACTION DU MENSUEL JUMP
119-0163 TOKYO

* CEUX QUI SERONT RETENUS SERONT PUBLIÉS DANS LE PROCHAIN VOLUME.
* N'OUBLIEZ PAS DE NOTER VOS NOM, ADRESSE, NUMÉRO DE TÉLÉPHONE, ÂGE, NIVEAU D'ÉTUDES (OU PROFESSION). SI VOUS UTILISEZ UN PSEUDONYME, PENSEZ À LE PRÉCISER.
* LES DESSINS DOIVENT ÊTRE FAITS AU FEUTRE NOIR (PAS DE CRAYON OU DE STYLO)
* LES COURRIERS NE PORTANT PAS LA MENTION "COURRIER DES LECTEURS" NE PEUVENT PAS ÊTRE PUBLIÉS.
* LES LETTRES ET DESSINS ENVOYÉS NE SONT PAS RENDUS, NOUS VOUS CONSEILLONS D'EN FAIRE UNE COPIE.
* LES DROITS DE PUBLICATION DES LETTRES ET DESSINS APPARTIENNENT AUX ÉDITIONS SHÛEISHA. UNE PUBLICATION AILLEURS QUE DANS CES PAGES RESTE POSSIBLE.

RÉPONDEZ VITE ! ♥

↑ HIRASAKA JOHN (MÂLE) (♂)

À PARAÎTRE

panini manga www.paninicomics.fr

VAMPIRE KNIGHT 1 ➤ *196 pages • 6,95 € • Dès juin en librairie*

Créatures légendaires, dangeureuses et fascinantes, les vampires attirent leurs proies par leur beauté pour les saisir dans un étreinte mortelle. Les dessins de **Matsuri Hino** en exaltent toute la violente fascination, dans cette histoire où se fondent émotions, fantasy, mystère et horreur. Dans le monde de *Vampire Knight*, les secrets sont légion et la raison est toujours en conflit avec l'instinct. Mais peut-être l'amour pourra-t-il plaquer la soif de sang. Dans le collège Cross, étudiants humains et vampires cohabitent secrètement. **Yuki** doit s'assurer que cette cohabitation reste pacifique car elle souhaite voir se réaliser un futur dans lequel hommes et vampires pourraient coexister sans se combattre. Une conviction dictée par les sentiments qu'elle éprouve pour **Kaname**, le chef charismatique des vampires du collège. Un garçon qui, un jour, lui a sauvé la vie…

MAI 2007

Hot Gimmick 11
Miki Aihara

Babe My Love 6
Yoko Maki

Parfait-Tic! 5
Nagamu Nanaji

Couverture originale

Angel Heart 19
Tsukasa Hojo

Full Metal Panic! 9
Shouji Gatou & Retsu Tateo

Saiyuki Reload 1
Kazuya Minekura

Nora 6
Kazunari Kakei

Couverture originale

Worst 13
Hiroshi Takahashi

Eden 14
Hiroki Endo

Lone Wolf & Cub 17
Kazuo Koike & Goseki Kojima

Shigurui 6
Takayuki Yamaguchi